灵魂的歌者

张铁友 著

时代文艺出版社
SHIDAI WENYI CHUBANSHE

图书在版编目（CIP）数据

灵魂的歌者 / 张铁友著. -- 长春：时代文艺出版
社, 2023.9
ISBN 978-7-5387-7222-7

Ⅰ. ①灵… Ⅱ. ①张… Ⅲ. ①诗集－中国－当代
Ⅳ. ①I227

中国国家版本馆CIP数据核字(2023)第114765号

灵魂的歌者
LINGHUN DE GEZHE

张铁友　著

出 品 人：吴　刚
责任编辑：佘嘉莹
装帧设计：陈　阳
排版制作：隋淑凤

出版发行：时代文艺出版社
地　　址：长春市福祉大路5788号　龙腾国际大厦A座15层 （130118）
电　　话：0431-81629751（总编办）　　0431-81629758（发行部）
官方微博：weibo.com/tlapress
开　　本：720mm×1000mm　1/16
字　　数：248千字
印　　张：19.75
印　　刷：长春第二新华印刷有限责任公司
版　　次：2023年9月第1版
印　　次：2023年9月第1次印刷
定　　价：50.00元

图书如有印装错误　请寄回印厂调换

目　录

序言

001 | 觉者的诗意生命　　冰　洁
004 | 用文字之光照亮前行者的路　　王德林
007 | 行走在诗意的大地上　　张铁友

辑一　幸福人生

003 | 岁月之歌
005 | 生命的时光
007 | 灵魂的歌者
009 | 人生素描
011 | 因为梦想
013 | 把今天活成一首诗
016 | 生活变奏曲
018 | 幸福之源
021 | 热爱生命
023 | 心灵的承诺
025 | 平凡的日子

028 | 年轻的心

030 | 生活的感悟

032 | 心若年轻

034 | 读书的时光

035 | 夜读者

037 | 打开心窗

039 | 爱的信仰

042 | 我们的幸福

044 | 伟大的力量

046 | 生命的列车

048 | 爱的火炬

050 | 如果

052 | 我们这个时代

054 | 心灵的天空

055 | 快乐的秘密

056 | 感恩岁月长河

058 | 找到幸福的自己

060 | 活在当下

062 | 诗和远方

064 | 书写壮丽人生

辑二　担当人生

069 | 新时代的脚步

070 | 担当新时代

071 | 写给初心

073 | 宁静致远

075 | 新时代工人之歌

077 | 把生命活成一束光

079 | 点亮生命的彩虹

081 | 当时光悄悄逝去

083 | 爱的奉献

085 | 医者的良心

087 | 矢志不渝的真情

089 | 最可敬的人

091 | 爱的礼赞

093 | 太阳升起在东方

095 | 一个老人与一座高山

097 | 一个闪亮的名字

099 | 孤勇者的光华

101 | 生命的执着

103 | 勇者无敌

105 | 觉者的使命

107 | 立一颗光明的心

108 | 苦难成就辉煌

110 | 生命中壮丽的诗行

112 | 坚守的信念

114 | 别忘记人生的使命

116 | 所有

118 | 不辜负生命的时光

120 | 把你的手伸给我

122 | 一起向未来

124 | 力量之源

辑三 情感人生

129 | 惜缘同行

131 | 知心的歌谣

133 | 水木清华

135 | 父爱之歌

137 | 爱的源泉

139 | 幸福的港湾

142 | 幸福的时光

144 | 月亮的守望

145 | 七夕的故事

147 | 为真爱而歌

149 | 赠朋友

151 | 写给远方的朋友

153 | 中国人的春节

155 | 团圆

157 | 生日之歌

159 | 童年是快乐航船

160 | 流浪的孩子

162 | 为爱寻找

辑四 智慧人生

167 | 思想之锚

169 | 抉择人生

171 | 生命的感悟

173 ｜ 心流

175 ｜ 通心

177 ｜ 远与近

178 ｜ 选择

179 ｜ 站在生命的高处

181 ｜ 圆满与亏缺的哲思

183 ｜ 时间会告诉你一切答案

185 ｜ 心灵的呼唤

186 ｜ 守望灵魂

188 ｜ 修好一颗心

190 ｜ 守护好灵魂高地

192 ｜ 做一个清醒的现代人

194 ｜ 圣洁的心灯

196 ｜ 时间的告白

198 ｜ 生命的原点

200 ｜ 文化传人之歌

202 ｜ 灵魂的图腾

204 ｜ 不一样的风景线

206 ｜ 时间的必然

207 ｜ 变的哲思

209 ｜ 微小的力量

辑五　自然人生

213 ｜ 聆听自然之歌

214 ｜ 美丽的遇见

215 | 小城之美

217 | 神奇的生命

219 | 初春

220 | 北国红豆

221 | 种下绿色的希望

222 | 生命之树

224 | 生命的根

226 | 生命的蚌珠

227 | 万物生灵的快乐

229 | 北极燕鸥的梦想

231 | 美秋

232 | 秋天是一个爱挑剔的季节

233 | 白桦林的世界

234 | 雪花的爱

236 | 冬至

238 | 冬雪中的沉思

辑六　行走人生

243 | 生命的跋涉

245 | 行走的英雄

247 | 大篷车的魅力

249 | 跋涉者的梦想

251 | 大美西藏

253 | 九寨沟写意

255 | 紫梦香谷

257 ｜ 致攀登者

259 ｜ 登峰者心语

261 ｜ 行者的告白

262 ｜ 远行者的脚步

264 ｜ 大海的女儿

266 ｜ 幸福查干湖

辑七 直面人生

271 ｜ 致独立的思想者

273 ｜ 活着，清醒地看世界

275 ｜ 人生转弯处的警醒

277 ｜ 空心树的启示

278 ｜ 生命的太阳冉冉升起

280 ｜ 让你的心灵温馨过冬

282 ｜ 城市印象

284 ｜ 光明的祈祷

286 ｜ 为了让生命不再遗憾

288 ｜ 希望的方舟

290 ｜ 和平的呼唤

292 ｜ 历史的思索

294 ｜ 时间的印记

296 ｜ 后记

觉者的诗意生命

冰 洁

现在写诗的人越来越多，读诗的人越来越少。因为，真正的好诗越来越少。近来，读铁友的诗集《灵魂的歌者》，我爱不释手。他的诗作体现了对时代的思考、对英雄的礼赞、对幸福的感悟、对生命的觉醒、对亲情的珍惜、对生活的洞察、对大自然的热爱。读他的诗歌，就会感受到一个深沉的思想者和觉悟者的生命情怀，感受到一种雄浑大气的诗魂。铁友的诗歌，来自生命的砥砺、灵魂的召唤、生活的灵感，其诗歌中表达的人生，都是积极向上的人生。

"大凡作诗，先须立意，意者一身之主也。"没有好的立意，就不会有好诗。诗的立意与作者的思想境界紧密相连，作者境界高，诗的立意才能通达，诗意才能高远。铁友的诗歌，不仅有真爱与信仰的坚守、幸福与快乐的觉悟、圆满与亏缺的哲思，还有历史与现实的映照、灵魂与境界的升华、责任与使命的担当。在《灵魂的歌者》中，作者用简洁凝练的诗句对诗人的使命和价值进行了描述，表现了诗人挚爱生活、为生命觉醒而创作的情怀。读他的诗作，仿佛看到一个生活阅历丰富的觉者，踏过坎坷，依旧执着地追求真善美；年龄渐渐增长，依旧笑对夕阳，保持奋发有为的生命状态。读此诗集，亦能和诗人一样，体会到人生的不易，感悟到如何在物欲横流的社会淡泊地活着，如何在平凡的日子里有激情地活着，如何在功利社会常葆一份纯真地活着。让人远离苟且，走向崇高；远离迷茫，走向远方。

"文章合为时而著，歌诗合为事而作。"铁友不单单安于书斋，潜心作诗，而是让诗心随时代脉搏而跳动，诗情随社会现实而抒发。面对新时代的召唤，他写下了《新时代的脚步》《担当新时代》《新时代工人之歌》《写给初心》《一起向未来》等诗作，有的还被谱成铿锵有力的曲子，被著名歌唱家王永春演唱。面对火热的生活，诗人写下了《岁月之歌》《点亮生命的彩虹》《把今天活成一首诗》等诗篇，体现了作者热爱生命、挚爱生活的情感。特别是在抗疫关键时刻，作者写出了《矢志不渝的真情》《爱的奉献》《最可敬的人》等打动人心的诗作，和抗击疫情紧紧呼应，彰显出了作者的高度责任感和使命感。

诗歌来源于生活，更要高于生活。写诗是对生活本质意义的洞察了解和深刻思考，对生活进行采玉般的筛选和提炼。同时，一首好诗，应当透过外在物象折射深刻的哲理和意义，给读者以智慧启迪，让生命不断升华。在《生命的原点》中，作者从大处着笔，围绕人生原点进行思考，写出了人的一生从生到死、从繁华到简朴、从远行到回归的循环往复过程，倡导人类要把握生命本真、大道之行，把生命价值的书写又提升到了一个新高度。

铁友的诗歌，有爱国爱民的拳拳之情，有呼唤道义的挚诚之情，有对时代英雄的景仰之情。如《一个闪亮的名字》用寥寥数笔，便把一个天眼英雄的形象呈现出来。铁友是个重情重义的人，他的诗歌处处充满了真情实感。诗集中有怀念父母之情的诗歌，如《幸福的港湾》对母亲的真挚怀念跃然纸上；《惜缘同行》对朋友之间心有灵犀、患难与共、惜缘同行的感情写得非常真挚到位。同时，诗人爱憎分明，勇于直面生活中的丑陋和罪恶，下笔毫不隐晦。针对社会中的个别乱象和问题，写下了《光明的祈祷》《人生转弯处的警醒》等直抒胸臆的诗篇，对"假恶丑"予以鞭挞，体现了作者的正义和良知。

诗歌是语言的艺术，是最形象、最精粹的语言。铁友的诗歌，格调清新明快，语言形象生动。如《夜读者》有光影的视觉描写，有声音的听觉描写，还有通感的运用，给人以美的享受。《聆听自然之歌》也别有一番韵味，该诗明朗大气，写出了诗歌的意境和美感。同时，铁友还注意到诗歌的韵律和节奏，以朗朗上口的语言展现了诗歌的韵律美。

"我们无法穿越时空/但可以选择向往的山峦土地/我们所有的跋涉/都是为了证明生命的奇迹。"（《时间的告白》）读铁友的诗歌，我感受到了诗人真挚的情感、生活深刻的哲理、诗歌优美的意境和一位觉者的诗意生命。

让我们一起走进诗人的内心世界，感受那份生命的崇高和幸福的愉悦。

（作者为中国著名词作家，现为《澳门晚报》执行主编）

用文字之光照亮前行者的路

王德林

　　每个人都需要心灵的启迪，灵魂的沐浴。张铁友的诗集《灵魂的歌者》让诗歌的田园又多了一处独特的景观，也给热爱思考的读者带来了一份感悟人生、觉醒生命的厚礼。

　　铁友诗歌的语言风格、表现手法灵活多变，但有一点是不变的，那就是"真与美"，以真动人心弦，以美给人享受。他的诗好似一曲激越大气的交响乐，其中有主题鲜明的主旋律，也有变奏繁复的多声部，能够触及人们内心深处的情感，体现了丰富的人文内涵。如《心灵的天空》，在朴素中蕴含绮丽，于平凡中彰显高洁，在平淡真实中见奇崛。

　　铁友的诗歌都是发自内心而作，像鲜血从血管里流动、泪水从眼眶里溢出一样。在他的诗歌中，故乡情、亲情、爱情与友情是最主要的话题。诗人的故乡，是其文字和心灵的精神源头。在他的诗歌里，故乡像一棵参天大树，恒久地地挺立着，四季轮回中为人们遮风挡雨。他在《小城之美》中表达了对家乡辽源的热爱。铁友对父母双亲情深意切，有着深深的情感，《父爱如歌》《幸福的港湾》形象生动地体现了这份挚情。《七夕的故事》是他的爱情感言，《水木清华》《知心的歌谣》把同学之间、朋友之间的感情写得真挚感人。铁友把这些情感通过诗歌表达出来，给人以情深义重的印象。

诗魂和诗心是诗歌的精神风骨，是诗歌穿越时间和空间的价值所在。诗魂和诗心只有与天地自然相通，与人间正气相合，与生活情感交融，才能使诗歌产生强大的生命力和穿透力。读铁友的诗歌，你会感受到那挺立的诗魂和赤诚的诗心。他的《致独立的思想者》《活着，清醒地看世界》《人生转弯处的警醒》等诗篇，高屋建瓴，掷地有声，体现了作者"清醒看世界，正直立诗魂"的价值取向，令人肃然起敬。《苦难成就辉煌》《一个闪亮的名字》《孤勇者的光华》等饱蘸深情，是诗人英雄情怀的折射，读后令人荡气回肠。铁友的诗歌既有真挚大爱的情愫，也有细致入微的视角。在他眼里，细小的沙粒是大千世界，飘洒的雪花是宇宙天堂，世间的万事万物都是诗句诞生的土壤。所以，其看似平常的文字却蕴含着深邃的思想。《美丽的遇见》《生命的蚌珠》《北极燕鸥的梦想》《雪花的爱》等诗篇，都寄予了他对世间万物的哲思和情感。

诗歌要有人文关怀，犹如阳光，既温暖人心，又照亮前路。和时代同呼吸，与人民共命运，表达人民群众对美好生活的期盼和梦想，反映新时代新征程的伟大实践，鼓舞人民朝气蓬勃地走向未来，就是铁友的诗心所在。

有人说，诗是地泉，是从地下数尺挖掘出来的泉水。诗歌是铁友心灵的延伸，是他心灵汩汩流淌的活水。正因为如此，其诗歌才能焕发出精神的光华，从而陶冶性情，涵养生命。

诗歌精神也是诗人精神，是诗人用良心发出的声音。铁友的诗歌与他的人格交相辉映，相得益彰。真实唯美是诗歌境界，谦虚包容是做人品德。铁友诗意地栖居在大地上，用自己手中那支笔，书写阳光的温暖和诗心的纯净，恣意挥洒，忠于灵魂。

有追求、有责任的诗人，往往能看得开荣辱、耐得住寂寞。铁友酷爱读书，善于思考，不懈探索，用"板凳要坐十年冷，文章不写一句空"的精神进行创作，用生命实践"文以载道"的理念，弦歌不辍，铿锵激昂，发出时代的声音和百姓的声音。用文字温暖人心，用文学点亮前路，是铁友一直追求的崇高目标。

逸兴遄飞，书人间烟火；文思潮涌，揽清风入梦。铁友的诗歌就像一株具有独特魅力的花朵，绚烂着诗歌创作的百花园。

不揣浅陋，写成此序，但愿以此为航标，助您走进铁友的精神世界，感受那字里行间的精彩。

（作者系中国作家协会会员、吉林省辽源市文联兼职副主席、辽源市作家协会名誉主席）

行走在诗意的大地上

张铁友

一首好诗能让大家都喜欢诵读，甚至过目难忘。

我认为一首好诗要有灵魂、有血肉、有境界、有大爱，同时要内外兼修，有好的表现形式，要好听好看。

诗言志，诗言情，诗言美，诗言善。

诗歌的风骨是自强不息，厚德载物；诗歌的语言是凝炼精致，美轮美奂；诗歌的旋律是天籁和鸣，昂扬向上。

诗中有情，诗中有画，诗中有理，诗中有境。诗歌的魅力，在于它能用形象精炼的语言，让每一个意境鲜活起来，让每一份情感跃动起来，让每一个生命觉悟起来，给万物以美的意象和思想，从而深深打动读者。

诗歌是有温度和力量的，在无限的时间和空间中，映射着美好、欢欣、勇气、挚爱和信仰，给人们以正能量，让人们看到希望的曙光。

诗人是灵魂的歌者。诗人写诗，不仅要把诗的美体现在笔墨间，更要把诗的精气神写进骨子里。让诗人成为生命的觉悟者和幸福的守护者。

我对诗的追求一直在路上。我的诗集《灵魂的歌者》是我多年来在生命之路上思索的结晶，献给挚爱生活、挚爱美好的你。愿你我都拥有一颗感恩生命、感悟生活的心，在新时代，为我们热爱的生活书写美丽的新诗篇，让诗人的生命因诗歌而永恒！

辑一 幸福人生

你是灵魂的歌者
为了生命的觉醒而歌唱
你把生活的五谷酿成琼浆
苦涩中飘逸岁月的清香

岁月之歌

过往的一切
是生活的序章
生命的蓓蕾
在风雨洗礼中绽放
岁月的年轮
留下弯弯曲曲的痕迹
有过多少磨折坎坷
咽下眼泪挺起脊梁
遥望景仰的山巅
一路跋涉攀援向上
做一个有思想的行者
丰富内心地阔天朗
岁月是一首歌
每一天都在用心去唱

未来的大树

在脚下的土地悄悄生长

过往是逝去的列车

要珍惜当下每一寸时光

有过多少憧憬渴望

写进诗和快乐的远方

面对浩瀚的江河大海

化作鲲鹏自由飞翔

做一个有情怀的觉者

爱在人间地久天长

未来是一首诗

用心去书写壮丽的篇章

生命的时光

生命不止眼前平平淡淡的时光

还有少年时怀揣的梦想

天之涯海之角

万里河山潇洒走一场

大千世界充满太多的神奇

每一方热土

都有动人的故事传唱

跋涉是生命的另一重意义

只要你勇敢地走向远方

生命不止眼前平平淡淡的时光

还有诗意的生活令人向往

聆听百家讲坛

品味李杜老庄

捕捉平常人的每一份感动

把生命的感悟写进诗行

每个人都是生活舞台的主角

每一天都在书写平凡或不平凡的篇章

生命不止眼前平平淡淡的时光

还有雨润心田爱的芬芳

让孤独的老人露出开心的笑颜

让无助的孩子看到希望的太阳

让生命的天空多一些正义善良

让浮躁的世界

感受到道德的力量

每个人都是爱的集合体

每个人都是一个正能量场

让幸福不仅仅是每个人的向往

而是实实在在的每一寸时光

灵魂的歌者

你是灵魂的歌者
为了生命的觉醒而歌唱
你把生活的五谷酿成琼浆
苦涩中飘溢岁月的清香

你是和煦的春风
温暖荒凉的田野山岗
你用神奇的魔杖
让心灵的莽原焕发青葱的希望

你是金乌的使者
燃烧自己照亮前方
你用思想的翅膀
驮起人类美好的向往

你是爱情的甘露
滋润花朵含笑绽放
时光荏苒馥郁芬芳
留下一段不老的故事回味悠长

你是澎湃万里的江河
高山险滩挡不住前行的方向
荡涤污浊和一切的肮脏
让世界更加纯洁明亮

你是土生土长的农民儿子
汲取天地的精华营养
为了一个大写的人字
用生命去耕耘激情的诗行

人生素描

少年时
欢乐是刻在时钟上的
每天都跳动着
幸福和向往
无忧无虑的日子
像澄澈的蓝天一样

青年时
梦想是刻在帆船上的
在大海中以奋斗为桨
浑身充满了神奇的力量
无论顺风逆风
都没有一丝胆怯彷徨

中年时
疲惫是刻在额头上的
驮负事业和家庭的重担
汗水和着泪水悄悄流淌
面对如山的压力
你学会了包容和坚强

老年时
宁静是刻在心底的
经历了许多
看淡了许多
你站在高高的山上
俯瞰祥云在自由徜徉

因为梦想

——写给有梦有爱的人

因为梦想
在贫瘠的土地上种下热切的希望
风吹雨打锤炼了倔强的灵魂
稚嫩的小苗一天天成长

因为梦想
孤独的世界里不再忧伤
心灵的天空多了一份慰藉
在旋转的音符里喜悦痴狂

因为梦想
在苦难的日子里学会了坚强
跌跌撞撞忘记了伤痛
用尽全力奔向初升的太阳

因为梦想
一群有爱的人聚在一堂
音乐给了追梦人一双翅膀
未来的岁月里自由快乐飞翔

把今天活成一首诗

把今天活成一首诗

翠鸟鸣唱欢快的晨曲

推开门窗

淡雅花香令人心旷神怡

每一天都是一个全新的生活

每一刻都律动着发现的欣喜

乐在当下

宝贵的时光最值得珍惜

把今天活成一首诗

无言的感激烙印在心底

寂寞长夜有亲人守护

漫长旅程不再孤独迷离

朋友是生命中的默契

一生坚守不离不弃
一杯老酒喜相逢
暖暖的话语深深的情谊

把今天活成一首诗
幸福家园温馨惬意
手牵手渡过艰难岁月
相濡以沫更懂得爱的真谛
客厅里有笑声
卧室里有拥抱
平凡的日子用心去生活
爱的滋味多么美好神奇

把今天活成一首诗
跋涉远方不再迟疑
驶入没有去过的江河
攀登没有爬过的山脊
品读大自然厚重的书籍
生命的视野辽阔无比
探索神秘的大千世界
实现梦想从脚下走起

把今天活成一首诗
让灵魂栖息在诗意的高地
幸福不再是苍白的词语
有创造的生命才有意义
奉献情怀书写在田野大地
人生之路留下坚实的足迹
惠风如此和畅
生命更加美丽

生活变奏曲

生活是怀揣着儿时的梦想
为了向往的风景艰难登攀

生活是柴米油盐酱醋茶
是夫妻间不离不弃的温暖

生活是为了孩子省吃俭用
是儿女远离家乡的牵挂思念

生活是知心朋友斟满老酒
是患难时莫逆之交的侠肝义胆

生活是沧桑岁月里流泪流汗的耕耘
收获的季节不仅仅在秋天

生活是走遍万水千山
依然叶落归根恬恬淡淡

生活是人生歧路的无数次选择
是没有回程的列车渐行渐远

生活是一首变奏曲
天籁之音响彻在天地之间

幸福之源

什么是幸福

幸福就是自得其乐

知足常乐

幸福源于看淡

幸福源于境界

简约宁静的心湖

藏着幸福的一切

幸福就是

与有肝胆之人共事

从无字句处读书

结知心好友

行万里河山

享一生愉悦

幸福就是舍得

怀真善之心

行利人之举

以奉献为责

让生命的莲花处处绽放

让人与人相处舒坦喜乐

幸福就是亲情挚爱

爱人因你有了依靠的港湾

孩子因你更加活泼

亲人因你更加暖心

生活因你融融其乐

爱就是幸福正能量的集合

幸福就是不忘初心

带着使命勇于攀越

在陡峭的山崖

留下坚实的足迹

在人生的峰顶

笑看夕阳如火

幸福就是以天地为心
纳百川载万物
幸福就是以日月为友
返璞归真融入自然之列
幸福源于博大胸怀
大包容必有大快乐

热爱生命

钟情攀登的人

每座险峰

都充满艰难和挑战

每次登顶

也都有一览众山小的壮观

热爱生活的人

每个当下

都时时感受自然万物的美好

每个季节

也都能看到别致的风景线

意志坚定的人

不畏路途遥迢

坚实迈好每一步
无论顺境逆境
在锲而不舍中实现天命夙愿

充满活力的人
晚秋时节
心花依旧开放
即使暮年
生命之火依然把寒冬温暖

心灵的承诺

承诺是大山的厚重品格
坚定执着耐得住寂寞
为了一个向上的信念
无惧风雨笑迎岁月

承诺是奔流不息的江河
滋润干渴的广袤田野
暗礁险峰挡不住你的脚步
一路向前气势磅礴

承诺是太阳的无悔信念
集聚能量奉献光热
亘久不变大爱情怀
普照大地温暖世界

承诺是人类心灵的契约
执子之手生命相托
信任无价时光可鉴
至真至美天地人和

平凡的日子

平凡的日子
每天有一本新书陪伴
书香弥漫在书房
让你的灵魂深深依恋
哲人思想的熠熠光芒
让你的心情如春花灿烂

平凡的日子
感恩朋友的温馨挂念
一生朋友一起走过
肝胆相照不惧万难
人世间最值得珍惜的
莫过于懂你想你的知心情缘

平凡的日子

总有爱人朝夕陪伴

患难与共相濡以沫

沉淀下不离不弃的深厚情感

手牵手通心同行

便是天长地久的福乐源泉

平凡的日子

每天离不开柴米油盐

学会烹饪香沁心田

真实的生活趣味悠然

放下一切名缰利锁

总会有愉悦的故事相伴

平凡的日子

总有一些难舍的牵念

一盏灯火照亮黑暗小路

一个善举温润冰冷心田

绵薄之力细流成川

汇聚大爱情暖人间

平凡的日子
时刻不忘远方的呼唤
最美的风景在跋涉的路上
走过四季忘记了流年
只要心态是快乐的
希望和幸福就在眼前

年轻的心

年轻的心
是一轮喷薄而出的骄阳
没有任何阴霾
可以阻挡

年轻的心
是穿梭在海上的精灵
不惧怕肆虐的
激流恶浪

年轻的心
是雨后生长的竹笋
直指浩浩长空
青翠的生命蓬勃向上

年轻的心
是没有拘束的田野
生长着
各种颜色的梦想

年轻的心
是强劲无比的风
为远行的大雁
鼓起冲天的力量

年轻的心
不受任何年龄的羁绊
也从不理会
悄悄老去的时光

年轻的心
是美轮美奂的诗行
让我们用爱的语言
去书写动人的篇章

生活的感悟

生活，是纤夫
那深勒的纤绳
绷紧的腰身
还有洒落在古道上的汗水

生活，是探险者
为了一个大胆梦想
在人迹罕至的原始森林
度过无数个难忘的日夜

生活，是有情怀的人
力行不辍的承诺
把自己化作燃烧的火焰
用真爱温暖无数人的心窝

生活，是夫妻间
渐行渐近的轨迹
是寒冬里的相互慰藉
和一路搀扶陪伴的快乐

生活，是修行者
告别繁华和喧嚣
大山里煮一壶好茶
享恬淡时光看花开花落

生活是什么
生活是跋涉走过的长路
生活是惜缘同行的挚友
生活是你我创作的天籁之歌

心若年轻

心若年轻
就不怕远航的路有多遥迢
即使风急雨骤
当作在大浪中洗一回澡

心若年轻
就不惧山峰有多高
人生只有一辈子
登高望远才能看见世界的美妙

心若年轻
岁月就不老
让生命活出自在本我的色彩
每一天都与快乐亲密拥抱

心若年轻
夕阳一样温暖美好
带着挚诚的爱出发
在广袤的田野播撒幸福和微笑

读书的时光

一首诗

芬芳你的灵魂

一滴水

打湿你的眼睛

一朵云

飘进你丰富的心海

一座山

留下你厚重的感情

每一个读书的晨夕

愉悦的舟楫灵动清醒

每一刻思索的时光

跋涉的脚步攀援越升

每一季收获的日子

五谷飘香美丽了田野风景

夜 读 者

月光越来越近
影子越来越短
一阙不知名的乐曲
跳跃在静寂的湖面

或明或暗的窗户
或醒或睡的灵魂
星星也有些调皮
不肯合上双眼

夜晚有夜晚的美妙
书籍是最亲密的伙伴
翻阅上下五千年故事
和智慧贤达的老者神谈

把历史串成珍珠
让前路更加光明璀璨
点燃一束篝火
让冬夜变得如此温暖

打开心窗

打开心窗
放走缠绵的忧伤
清新的空气令人舒畅
唱一曲欢乐颂
迎来芬芳灿烂的朝阳

打开心窗
思念的朋友
相聚在久违的老地方
温一壶醇香的美酒
知心的话语小溪般流淌

打开心窗
星月璀璨明亮

江河辽阔奔放

攀登生命的高峰

美好的一切令人神往

爱的信仰

爱，就一个字
却凝结着宇宙的正能量
包含了人类
情感的菁华
美好的希望

没有爱
跋涉在沙漠看不到绿洲
没有爱
林立的高楼隔绝了心与心的交往
没有爱
人们生活在冰冷的世界
没有爱
灵魂长久在苦海中流浪

爱，是雨中的一把伞

撑起一方晴朗的天

爱，是远行者的一瓢水

让干涸的心灵饱饮甘泉

爱，是暖心的灯塔

让航行的船只一路平安

爱，是游子归来

家人围坐在一起时闻到的扑鼻菜香

爱，是知心的人

在寂寞痛苦时把温馨的歌儿轻轻唱

爱，是奇异的瑰宝

昂贵而又无价

慷慨而又无私

温馨而又凝重

执着而又奔放

爱，让贫瘠的田野

重现盎然生机

爱，让枯萎的花朵

绽放美丽的笑靥
爱，让刺骨的寒冬
不再寂寞寒冷
爱，让黯淡的日子
放射耀眼的光芒

世界上有一种光明热烈无比
那是爱的火炬点亮
大地上有一种品德厚重辽阔
那是爱的浩瀚海洋
人世间有一种追求
那是至纯至真的爱的信仰

我们的幸福

我们的幸福

是因为有志同道合的朋友

万水千山携手同行

有缘人在一起就是快乐舒坦

我们的幸福

是因为有家的温馨和睦

彼此相看两不厌

相濡以沫真情天长地久

我们的幸福

是因为精神的富有

拥有一颗年轻的心灵

心中生长郁郁葱葱的大树

我们的幸福
是因为灵魂的觉悟
人生要活得有情怀有价值
让大爱的阳光洒满一路

伟大的力量

一株嫩芽
长成参天大树
那是它有冲天的向往

一滴水珠
融入浩瀚的海洋
那是它有博大的梦想

一颗灵魂
令人景仰
那是他有信仰的光芒

一个民族
生生不息屹立东方

那是他有自强不息坚实的脊梁

信仰，让孤独者
在漫漫黑暗中
寻找到光明的方向

信仰，让远行者
在艰难坎坷中
不再迷离彷徨

信仰，让人生的航船
一往直前
劈风斩浪

唤起心中的巨人
信仰，让你拥有
世界上最伟大的力量

生命的列车

有时，觉得冬天还很遥远
一转身
北国的雪花
已洒满无垠的大地

有时，觉得来日还很长
一转身
生命的列车
已匆匆开向远方

有时，觉得亲人朋友能常见面
一转身
神秘的无常
已带他走向死亡

有时，觉得自己还很年轻
一转身
不经意的银丝
已悄悄爬上双鬓

其实，人生很短很短
要用心珍惜每一刻时光
做好一件向往已久的事情
便不枉来人间一场

爱的火炬

我不想，让我的歌
仅仅像一泓清泉
在晨阳中
独自浅吟低唱
我要给歌声
注入洪荒之力
让暴雨中流浪的人们
挺起生命坚强的脊梁

我不想，让我的歌
成为一片五彩的云
风一吹
转瞬间就丢失了模样
我要让歌声

像巨人坚实的脚步
踩过苦难，踏平坎坷
穿过历史，走向远方

我不想，让我的歌
成为少数人的收藏
百年之后
逐渐被人淡忘
我要让歌声
成为爱的火炬
我传递给你
你传递给他
让人们共同感受
那份温暖的力量

如　果

如果
岁月静好
亲人无恙
那就学会珍惜
享受每一次暖暖的相聚

如果
至爱朋友
远方而来
那就斟一杯老酒
相醉在酡红的夕阳里

如果
雨雪交加

风暴来袭
那就扎紧帐篷
听一段命运交响曲

如果
身体硬朗
思念远方
那就冲出封闭的山坳
去感受大自然的神奇美丽

如果
心有梦想
壮怀不已
为了这仅有一次的生命
那就全力以赴奋斗不息

我们这个时代

我们这个时代

地球旋转得太快

每天的日子

来不及细细盘点

飞驰的高铁，也不再

将慢慢行走的灵魂等待

我们这个时代

观念变化得太快

从前淘汰的又被镀上金色

曾经憎恶的又成为某些人的最爱

道德蒙上了一层遮羞布

信念的砥柱也开始摇摆

我们这个时代
长河奔流得太快
需要灵魂的摆渡者
在风雨中把正航舵
让一群迷途流浪的人
找到自己的归宿和未来

心灵的天空

叮咚的小溪律动的风
白云在澄澈清明的湖面
舒展快乐的心情
心灵的天空
如此纯粹而光明

江河有自己的归宿
高山有自己庄严的梦
生命就是一个无悔的选择
让灵魂享受自由自在
让生活简约而恬静

快乐的秘密

快乐是夫妻间有默契
历经岁月风雨一路惜缘向前

快乐是奉献爱心
沐浴阳光的人们露出可爱的笑脸

快乐是咀嚼过生活的苦难
卸下沉重盔甲一切轻松坦然

快乐是再玩一回孩提时的游戏
把返老还童的时针悄悄拨转

快乐是藏在心中的神奇开关
不要忘记让开心天天出现

感恩岁月长河

走过岁月的长河
感恩像皎洁的明月
多少孤独，多少坎坷
有你就不怕寂寞的黑夜

走过岁月的长河
感恩像身旁的篝火
多少风霜，多少雨雪
有你温暖那前行的脚窝

走过岁月的长河
感恩像田野上盛开的花朵
美丽心情，也美丽世界
懂得爱的奉献才能拥有幸福快乐

走过岁月的长河
感恩像一首动情的老歌
多少缘分，多少珍惜
美好的人生携手一起走过

找到幸福的自己

岁月总在更迭
所有的过往
都有或深或浅的记忆
生活的焦虑
奔波的艰难
痛苦的煎熬
悲伤的别离
总是悄无声息
烙印在生命的年轮里

四季总有轮回
万象更新
又是一个春天的开始
过去的一切

都是时间厚重的积淀
一切的憧憬
都孕育在脚下坚实的大地
希望在耕耘中生长
未来在奋斗中清晰

江河总在流逝
浪花淘尽多少豪杰
时光演绎多少故事
所有的跋涉
都是为了不辜负每一个晨阳
所有的坚持
都是为了让人生少一些愧意
聆听一阕《命运交响曲》
在人生的蓝海中
找到幸福快乐的自己

活在当下

前面是苍茫的云海
后面是连绵起伏的高山
我们行进在旅途中
追寻着未知的明天

过往的一切
已成为飘渺的回忆
未来是一本没有完成的书
每一页空白都等待你慢慢写满

所有的悲欢离合
都是命运的必然
所有的情深情浅
都是缘分的聚散

把惆怅和痛苦抛进海川
让真爱和幸福成为生命的永远
天空不再有阴霾遮挡
每一刻都让心灵的阳光灿烂

既然未来尚远
就认真活好当下每一天
既然前方还有很长的路要走
就简约行囊快乐向前

诗和远方

远方并不遥远
拎起背包和相机
带上勇敢的心
我们就在跋涉的路上

玉龙雪山沐浴九天云海
呼伦贝尔有可爱的姑娘放声歌唱
纳木错澄澈秀水流过心扉
到黔南戴上天眼遥望苍穹远方

巴厘岛有美丽的故事传说
薰衣草的独特风光陶醉了梦乡
巴黎圣母院让你驻足沉思
维多利亚瀑布震撼了你的想象

远方不仅有名山大川
还有生命的神奇令人向往
远方不仅有异域风情
更有丰沃的土地等待耕耘诗行

人生本来就是一场壮丽的远行
从清纯的晨曦走向静美的夕阳
既然选择了心中挚爱
便风雨兼程走向远方

书写壮丽人生

朝霞染亮了
五彩斑斓的田野
星辰闪烁在
深邃无垠的天空

四季的变换
旋转着大自然的神奇
探险家的坐标
是没有标出航线的远方

珠峰绝险
总有攀登者的足迹
大漠空旷
远处响起驼铃声声

灵魂

寻找栖息的高地

梦想

在艰难困顿中坚挺

朔风吹落松子

长成参天大树

初心始终不渝

书写壮丽人生

辑二 担当人生

生命，不是一次简单的轮回

也不是水中飘逝的幻影

而是大写的人字

闪耀在历史的天空

新时代的脚步

空灵的山峦
白雪素淡了容颜

报春花凌寒开放
朔风坚定了她热切的心愿

星空总是缄默无语
凝视着大地的生动变迁

历史的舞台叱咤风云
有多少英雄点亮梦想的期盼

新时代的脚步悄然而至
一轮朝阳冉冉升起在海岸线

担当新时代

旭日起东方，走进新时代
行远天地阔，壮歌唱起来
万水千山只等闲
披荆斩棘更豪迈
担当是境界，担当是情怀
为国为民洒热血
心系苍生有大爱

百舸竞争流，走进新时代
使命千钧重，初心终不改
民族复兴千秋业
长征万里从头迈
担当是作为，担当是气派
神州书写新篇章
万众一心向未来

写给初心

初心

是天山上

圣洁玉立的雪莲花

承受风霜洗礼

依旧笑迎明天

绽放忠贞无瑕

初心

是巨石上

铭刻的铮铮誓言

无论时序怎样变迁

仍然清晰醒目

彰显隽永伟大

初心

是长征路上
忍受艰难痛苦
为了民族解放自由
用献血和生命
把红旗插遍祖国海角天涯

初心
是海平线上
升起的一轮朝阳
照亮混沌世界
给天地无限光明
播撒幸福的希望

初心
是新时代
励人警醒的洪钟大吕
时刻响彻耳边
让神圣的使命
在岁月中绽放光华

宁静致远

在浮躁的社会
沏上一壶茗茶
煮沸历史中生动的故事
静静地聆听命运交响曲
寻踪并不遥远的北斗
让灵魂不再迷离

在浮躁的社会
种下真爱的种子
让执着的信念
深深扎根在泥土地
长成郁郁葱葱的大树
栉风沐雨傲然挺立

在浮躁的社会

静静地品读一本好书

与睿智高尚的贤哲

近距离交流

让生命的长河不再平庸

熠熠闪烁大思想的神奇

在浮躁的社会

去攀登一座景仰的山

心无旁骛宁静致远

为了一个庄严的夙愿

踏平万千艰险

凝聚洪荒之力

在浮躁的社会

笑看浮云般的名利

一生做一个简单善良的人

一辈子做一件无愧天地的事

当时光老去

留下一段馨香无悔的回忆

新时代工人之歌

张开有力的臂膀
拥抱新时代曙光
艰苦奋斗好本色
创新开拓敢拼闯
咱们工人有情怀
爱岗敬业勇担当
不负岁月建功业
追求卓越向前方

挺起坚实的脊梁
扛起新时代希望
勇攀高峰志如磐
团结奉献力量强
咱们工人有大爱

无限忠诚心向党

民族复兴千钧重

美好未来创辉煌

把生命活成一束光

别让朦胧的夜色
裹住了曾经的梦想

别让美好的时光
辜负在等候的站台上

别让五彩缤纷的借口
成为麻醉神经的秘方

别让千辛万苦的跋涉
因为肆意的风暴而犹豫彷徨

别让一次轻松的放弃
变成一辈子挥之不去的痛伤

既然生命只有一次
那就像巨龙竹挺拔向上

既然初心始终未泯
那就把自己活成一束光

让思想简单而深刻
让人生励志坚强

抛弃那沉重的行囊
走向朝阳升起的地方

点亮生命的彩虹

翔翔海天的雄鹰
在千万次磨折中
彰显坚强勇猛
失去精魂的凤凰
在浴火痛楚中
惊喜涅槃重生

所有的岁月
不是虚幻的风景
所有的经历
都积淀了厚重的感情
每个人都有自己的故事
每个人都有不一样的人生

再高耸的山峰
也高不过
人的一双脚
再宽阔的江河
也挡不住
勇敢的心灵

人类因为思想而伟大
历史因为创造而永恒
在短暂的时光里
化作一束光
点亮生命的彩虹
让世界更加绚丽生动

当时光悄悄逝去

当时光悄悄逝去

风信子追问春天

你给山川留下什么印记

春天回答

我已留下一望无际的新绿

当时光悄悄逝去

鸿雁追问江河

你给万物留下什么厚礼

江河回答

我已把至纯的乳汁

融进生命的血液里

当时光悄悄逝去

星星追问太阳
你给世界留下什么宝藏
太阳回答
我已把光明
种进每个人的心里

当时光悄悄逝去
一万个声音追问诗人
你给人世间留下什么回忆
诗人回答
我已把挚爱和喜悦
写进大地

爱的奉献

爱是阳光
穿透阴霾
温暖你我的心房

爱是清泉
润泽荒漠
生长美好的希望

爱是勇敢
不惧死神
为了一个执着的念想

爱是奉献
付出真诚

让无助的人不再惊慌

爱是力量
众志成城
筑起新时代的铁壁铜墙

爱是崇高
超越自我
让生命如此辉煌

医者的良心

——献给医务工作者

晶莹而又深邃的
是夜空中的星辰
炽热而又高贵的
是医者的良心

那是在困苦的淤泥中
不曾堕落的莲花
那是在绝望的沙漠里
不曾干涸的清泉

那是在名利洪流中
不曾迷失的方舟
那是在灵与肉的拷问中
不曾动摇的初心

医者的良心

是一种朴素纯真的爱

超越了国界的藩篱

更没有高低贵贱之分

医者的良心

是大山一般沉重的责任

在救死扶伤的战场

不惧生死冲锋陷阵

医者的良心

是挺立不倒的灵魂

医者的情怀

是天地可鉴的忠贞

矢志不渝的真情

一场突如其来的倒春寒
让江河大地肃穆冷清
肆虐猖獗的疠疫
刺疼了人们敏感的神经
在郁闷的日子里
时光的钟摆变得缓慢沉重

骤雨中的海燕
勇敢地冲向天空
风雪中的松柏
不惧严寒郁郁葱葱
无论世界怎样变化
勇士矢志不渝的是信念和真情

没有什么能阻挡春天的脚步
没有什么能黯淡挚爱的火种
疫情战场上每个人都是战士
每一天都有动人的故事发生
万里长城巍然屹立
阴霾散去天地光明

最可敬的人

——写给志愿者

没有花香的浪漫

每一天都是鏖战

不怕苦和累

勇士冲在前

为了家国平安

无私无畏

大爱奉献

你是最可爱的人

生命有你不孤单

一颗滚烫的心

温暖了天地人间

没有硝烟的征战

每一天都是考验

不怕难与险

并肩在一线

为了一句誓言

舍得牺牲

坚毅勇敢

你是最可敬的人

坎坷因你变平川

一把希望的火

照亮了美好明天

爱的礼赞

因为爱

柔弱的小树

在风雨中顽强挺立

因为爱

江河的乳汁

滋润着干渴的大地

因为爱

和煦的阳光

穿过阴霾普照大地

因为爱

抢险救援的勇士

用人墙搭起了钢铁长堤

因为爱
母亲在地震瞬间
把倒塌的石板牢牢顶起

爱的神奇
让怯懦无助者
变得果敢坚毅

爱的春风
让僵冷的心田
焕发生机活力

爱的牵挂
让相隔万里的世界
不再有遥远的距离

爱的奉献
让卑微的灵魂
绽放圣洁美丽

太阳升起在东方

人生
会享受许多轻松自在的时光
也会经历
疫侵袭的痛苦和悲伤

痛苦，让我们刻骨铭心
更需要勇敢、无畏和坚强
磨难，让我们觉知生活不易
倍加珍惜生命的平安健康

疫，让人们正视自身的脆弱
也感受到了抱团取暖真爱的力量
鏖战，让人类付出太多太多
但在战斗中看到了希望的曙光

一切都是暂时，一切都会过去
阴霾散去太阳又升起在东方
我们快乐地坐在沙滩上
把幸福的歌儿轻轻吟唱

一个老人与一座高山

——写给登山英雄夏伯渝

一个梦想

像钢钉凿进岩石

锲进生命的渴望

攀登珠穆朗玛

成为一个勇者

恒久追求的高度和信念

攀登峰巅藏着千难万险

一次突如其来的寒流

为了保护战友

你的双腿冻残

漫长的岁月，痛苦的煎熬

你把信念的灯火始终点燃

在生与死面前你坦然选择了勇敢
向生命的极限一次次挑战
坚忍毅力成就大我
拼搏冲顶不负苍天
终于，你登上了万山之巅
你的笑容是多么灿烂

每个人心中都有一座高耸的山
多少人半途而废终身遗憾
失败者总有一万个理由
怯懦和懒惰衬托了英雄的伟岸
只要全力以赴矢志向前
人生没有不可逾越的峰巅

一个闪亮的名字

——致敬天眼之父南仁东

为了一个无悔的热恋
你寻遍了万水千山
跋涉在神奇的大窝凼
你找到了穿越星宇的灵感

多少回奔波精疲力竭
多少次鏖战日夜无眠
站在崛起的天眼基地
你瘦弱的身躯立地顶天

平凡的英雄没有豪言
寂寞的岁月倾情奉献
以命相搏在所不惜
只为让人类能看得更远

刻骨铭心的天眼
燃烧了你的生命
一个大写的名字
闪亮在广袤无垠的夜空

孤勇者的光华

——写给与死神抗争的唐恬 ①

明媚的日子

倒春寒飘起了雪花

娇媚的花朵

骤然被风吹雨打

无情的冲浪

涌起又跌下

命运的咸涩

像海滩难吃的盐巴

对峙绝望你从不下跪

铁骨铮铮书写女汉子的坚韧不拔

---

① 唐恬，一个用生命写歌的癌症患者。1983 年出生于湖南，从事唱片企划工作。2012 年 2 月被诊断患上癌症，之后唐恬坚持与死神抗争，九年间经历了 33 次放疗，2 次化疗，8 次靶向治疗，终于重获新生。倾心创作《人世间》主题曲和《孤勇者》等，广受好评。身处绝境却用美妙的歌词带给人们勇敢和希望，让人感佩。

你一个人把苦痛悄悄藏起
不让耄耋老人担心牵挂
为爱而战你全身披甲
为了孩子不再受伤害怕
信念如山挺起你的坚强
真爱无痕把冰川温暖融化
你用歌谣呼唤美好的春天
播种爱的种子一点点长大
所有的磨难终会过去
星空中闪耀孤勇者的光华

生命的执着

——献给培根铸魂的老师

总有一种执着
像痴迷的淘金者
在大山深处苦苦探索
岁月铸就一颗金子般的心
跋涉求知路
不断升华人生的境界

总有一种执着
那是信念点亮的篝火
映照无言的长夜
坚守一份纯真
简陋的小屋
挡不住思想光芒的闪烁

总有一种执着
那是难舍难离的眷恋
三尺讲台倾注毕生的心血
播撒真理的种子
让平凡的人生
不再平庸寂寞

总有一种执着
那是用爱书写的忠诚
流芳千古可鉴日月
时光的小溪悄悄流过
仿佛又听你再唱
那首不老的歌

勇者无敌

——读《人生不设限》

出生的残躯印满不幸

面对逆境人生

你坦然露出微笑

让阴霾的心灵

射进光明

敏捷的海豹肢体

在蔚蓝的海上冲浪

亮丽的身姿

让胆怯的旁观者

胆气陡增

没有四肢的勇者

走遍天涯海角

炙热的爱化作春雷
让碌碌无为的众生
梦中觉醒

残缺不全的身体
没有一丝自卑
丧失信仰和真爱
游荡在夜色中的灵魂
才是可怜的鼠虫

尼克·胡哲
没有双手的作家
用生命
书写卓越不凡的人生
没有双脚的英雄
用意志
走出美轮美奂的风景

觉者的使命

生命的花朵
短暂而美丽
芬芳了岁月
却忘记了凋零的痛

远行的骆驼
忍受风沙的肆虐
为了希望的绿洲
一步一步坚毅前行

每个生灵都有自己的轨迹
每个觉者都有庄重的使命
虽然点亮的火光还很微弱
却给世界留下了希望的火种

生命，不是一次简单的轮回
也不是水中飘逝的幻影
而是大写的人字
闪耀在历史的天空

立一颗光明的心

在物欲的丛林中
跋涉的路是艰难的
光鲜的路标让人迷惑
迎风的豚草
茂盛地生长
肆无忌惮地侵蚀着
栀子花的领地

在旋转的星宇中
让灵魂停下错乱的脚步
谛听旷野里
一个声音的召唤
在宁静淡泊中觉悟人生
立一颗光明的心
把身边的世界照亮

苦难成就辉煌

——读《任正非传》

凌厉的风暴
让浮躁的生灵
慌乱了方向
唯有庄严的大山
依旧岿然不动

扑天的寒雪
让飘逸的古道
消失了踪影
唯有生命的大树
依旧春心深驻

喧嚣的海浪
让投机的鱼儿
沉入海底

唯有远行的舰船
依旧无畏前航

漫长的黑夜
让闪烁的星火
黯淡了光芒
唯有坚毅的太阳
依旧喷薄向上

万千的磨折
让可怜的懦夫
丧失了勇气
唯有铁胆英雄
苦难中成就辉煌

生命中壮丽的诗行

泪水中仰望点点星光
风雨中苦苦寻觅太阳
即使是断臂的雄鹰
睡梦里也憧憬在蓝天飞翔

飞雪中梅花沁人馨香
苦难岁月中你无比坚强
即使仅有一双脚
也要写出生命壮丽的诗行

面对命运残酷无常
你心有定力意志如钢
面对长河逆浪滔天
你扬起风帆无畏远航

唯有坚持孕育希望
自强不息带来荣光
一道彩虹从天边升起
大美人生如此芬芳

坚守的信念

铁树开花
那是寂寞中
绽放的信念

水滴石穿
那是柔弱里
坚守的勇敢

冰雪融化
那是和煦的春风
真情温暖

珠峰登顶
那是探险者

对生命极限的挑战

胜利的花冠
浸透多少泪水
凝聚多少血汗

成功的背后
是痛苦的煎熬
失败的涅槃

人生天地间
立定一件事
何惧百千难

跋涉万里路
丹心永不改
望远笑依然

别忘记人生的使命

别丢掉
前方指路的火把
那是暗夜中护佑的神明

别背叛
正直纯真的心
那是人间圣洁的光芒

别淡漠
生命中的挚爱善良
那是温暖世界最伟大的力量

别遗落
勇敢坚贞的利剑

那是斩劈恶魔凌厉的法宝

别忘记
黎明前的铿锵诺言
那是矢志不移的责任使命

所　有

所有的风雨

都阻挡不住种子的生长

所有的磨难

都压不垮勇者坚强的脊梁

所有的阴霾

都不能永远遮蔽天宇

所有的坚持

都是缘于一份纯真的梦想

所有的付出

都会留下深深的印痕

所有的飞翔

都是为了美好的远方

所有的真爱

都是因为胸中有一颗太阳
所有的道路
朋友携手同行越走越宽广

不辜负生命的时光

用一张细密的网
网住时间的碎银
为了不辜负
天地给予的慷慨馈赠

用一丛希望的篝火
照亮迷失在长夜的行人
为了温暖那
孤独痛苦的灵魂

用一把律动的琴
融入高山流水的神韵
为了弹奏出
生命旅程中绝妙的声音

用一只坚韧的犁
耕耘岁月的土地
为了一个金色的秋天
流汗流血地付出

把你的手伸给我

在悬崖的缝隙间
你艰难地向上攀援求索
脚下是万丈深渊
是红尘里不可预知的劫
把你的手伸给我
爱的力量会给你坚实的依托

在黯黑的午夜
你走在无人的荒野
孤独寂寞的旅程
你渴望寒风中温暖的星火
把你的手伸给我
我们点燃心灯照亮前方的世界

在风高浪急的海面

所有的船桨被无情吞没

船长已失去踪影

命运该向何处漂泊

把你的手伸给我

我们校准罗盘斩浪劈波

把你的手伸给我

无言的痛苦我们一起扛过

把你的手伸给我

心有暖阳不惧万千坎坷

把你的手伸给我

我们共同唱一首勇者之歌

一起向未来

度过漫漫长夜
心有暖阳和梦在
跨过生命寒冬
敬天爱人情不改
劈开荆棘登高山
挽起纤绳奔大海
我们惜缘同行
一起向未来

经历风吹雨打
山花依旧笑颜开
走过沧桑岁月
踏平坎坷豪情在
只争朝夕人未老

征程万里从头迈

我们心手相牵

一起向未来

力量之源

浩瀚的长江
一往无前
博大的胸怀
广纳百川

巍峨的珠峰
高耸云端
不辞寸土
厚重庄严

太阳的光芒
照耀万物
汲取无穷能量
奉献大爱的温暖

我们的党走到今天
历经多少坎坷磨难
与人民在一起
是磅礴的力量之源

脚下的道路清晰而遥远
还要跨越重重险阻雄关
强国之梦引领未来
中国的明天辉煌灿烂

辑三　情感人生

既然选择了走向远方
就不避万险勇敢跋涉
既然选择了一生知己
就携手同行天地辽阔

惜缘同行

在时光的隧道里
我们都是有缘的过客
能够相遇相知
绝不是千年的巧合

那是君子之交
清澈淡如水
那是心有灵犀
知音弹奏的歌

那是遭遇痛苦时
无言的相濡以沫
那是逆风而行时
同舟共济的快乐

那是攀登峭壁时
生命安危的信任
那是阴霾遮天时
迷雾中依然未泯灭的火

那是看淡了繁华
寂寞灵魂的相互依托
那是狂风骤雨中
不离不弃搀扶走过

既然选择了走向远方
就不避万险勇敢跋涉
既然选择了一生知己
就携手同行天地辽阔

知心的歌谣

在茫茫的人海中
不用呼唤
你的心灵我能感知
你的眼神我能读懂

在暗黑的风雨中
不会怕冷
你为我撑起暖心的雨伞
为我点亮永不熄灭的心灯

在平淡的时光里
不会平庸
我们都是有梦想的蒲公英
共同书写诗意的人生

在跋涉的途中
不会寂寞
你是那首知心的歌谣
有你在就有欢乐和幸福同行

水木清华

青青芳草地
荷塘月色里
水木清华毓灵秀
此生魂梦相依

紫荆花盛开
沃土育桃李
激情岁月装行囊
化作壮歌一曲

一片赤子情
鲲鹏展翅意
自强不息砥砺行
扬帆远航千万里

同学情深深
感恩铭心底
化作夜空满天星
辉映山河大地

父爱之歌

父爱是一本无字之书
书里藏着神奇的钥匙
开启一道道神秘的门锁
解开我心中无数个难题困惑

父爱是一条奔涌的长河
长河里荡漾着爱的银波
乘风踏浪勇敢起航
往昔时光充满幸福喜乐

父爱是一座崇高的山
凌云而立气势巍峨
攀援山峰一路向上
让我看到壮美辽阔的世界

父爱是一颗温暖的太阳
寒冬里依然能感受到火热
迷惘中给我无穷能量
生命中唱响光明的歌

爱的源泉

母亲的爱是最勇敢的
历尽痛楚折磨
用一千倍的坚忍
战胜一万倍的困难
大爱之光冲破黑暗
去迎接一个幼小的生命

母亲的爱是最无私的
她是孩子身上
一针一线的棉衣
她是全家桌前
一餐香甜可口的菜饭
她是瓢泼雨中
一把暖心的雨伞

她是黑暗路上
一方指明的灯盏

母亲的爱是最长久的
无论你长多高
都滋润着母爱的雨露
无论你走多远
都紧系着母爱的深深思念
情感像一根风筝
被母爱的线牵了又牵

母亲的爱是最神圣的
与日月同辉
与江河同在
感恩母亲
世界上
最伟大的
力量源泉

幸福的港湾

小时候

听到最美的声音

就是晚霞满天时

母亲站在老榆树下

对奔跑嬉戏的儿女

一声声最有磁性的呼唤

声音里有煎饼合子的味道

和刚烤熟的地瓜诱人的甘甜

小时候

最常看到的事情

就是半夜醒来

母亲还在烛光里

用心缝补着

孩子们衣裳上的破绽
看见的
是日夜忙碌的母亲身影
和她日渐憔悴的容颜
看不见的
是那永远无法丈量的
母亲奉献给孩子们的爱怜

小时候
心中最大的希望
就是天天看到母亲的笑脸
为了实现这小小心愿
宁肯在崎岖的山路
多打一捆柴禾
宁肯晚回家几个时辰
让试卷多一个百分的圆满
母亲的欣慰舒坦
便是孩子们最灿烂的夏天

长大后
背着母亲

装了满满的爱的行囊

为了一个勇敢者的梦想

孩子鼓起远航的风帆

但无论走到哪里

家都是漂泊中念念不忘的温暖

而母亲

就是那随时可以靠岸的

幸福的港湾

幸福的时光

两颗简单善良的心
融化在一起
灵魂如此默契
生死不离不弃

携手攀登百座山
山路留下温馨足迹
并肩踏过千重浪
河水泛起真情的涟漪

相识日久形影依依
连脚步也仿佛同一个频率
日月经天未来可期
把美好憧憬写在脚下的土地

太阳花经过阳光的沐浴
迎风绽放纯洁美丽
倾心相爱的时光
每一天都是幸福难忘的回忆

月亮的守望

寂寞的秋风中
月亮又瘦了一圈
她的心思明明朗朗
夜的纱衣裹了又裹
也无法将秘密藏匿

骄傲如初的她
是苦恋着太阳的
她总有些少女的腼腆
和自己的偶像
保持着不卑不亢的距离

她望着他
他望着她
那是比一万年还要长久的等候

七夕的故事

七夕的夜晚
刻骨铭心的相思
像星辰，闪亮在
浩瀚的银河里
望眼欲穿等千年
化作滴滴相思雨

月光笼罩寒水
大地仿佛静止
忠贞的爱情
生死的别离
在真爱的世界里
有一万种难言的痛楚
就有一万零一种
追求幸福的叛逆

七夕的传说

并不都是悲伤的结局

相濡以沫的夫妻

便是前世的牛郎织女

相恋时如胶似漆

白首时不离不弃

经历岁月的磨练

更懂得呵护珍惜

七夕的天空

有一双眼睛

深情地凝望大地

那是有情人的

默默祝福

那是人世间

永远不会老的故事

为真爱而歌

最寒冷的时候

你把太阳的光和热

带给了我

温暖了我

温暖了冰封的一条河

最痛苦的时候

你把纯真的慰籍

传递给我

那是真爱的力量

生命中永远的相濡以沫

最温馨的时候

是每天健康的叮咛嘱托

可口的饭菜和新鲜的水果
不知疲倦的付出
换来康复的喜悦

最向往的
是疠疫散去，身体安康
携手同行看山看海看世界
两颗不老的心
永远幸福快乐

赠 朋 友

赠你一首隽永的诗
让你的生命
如美丽的圣水湖
充满魅力和灵性

赠你一枚朝阳
照亮沉睡的心房
让你的灵魂
从黯淡走向光明

赠你一首欢快的歌
让你不老的青春
充满美好旋律
年年岁岁靓丽生动

赠你一支神奇的笔
去描绘大千世界
让你用心用情
书写岁月的永恒

写给远方的朋友

你曾羡慕

一只平凡的鸟

拥有自由的天空

花海里徜徉

无拘无束的飞跃

忘记了寒冬的寂寞

啁啾着春天的快乐

你曾向往

无名的高山

和闪烁金星的湖泊①

像孩子一样

赤脚亲吻着银色的沙漠

---

① 指位于拉丁美洲西部巴哈马岛上的火湖。

海滩上沐浴灵魂
白云下放飞自我

你苍老了许多
是窄小的斗室憔悴了你
还是缺乏了阳光的抚摸
你习惯地在问候里写上
热爱自由，热爱生活

走向宽敞而又热闹的大街
很久很久没有你的消息
牵挂像风筝拽紧心窝
不要忘记我们曾经的约定
携手同行去看远方的山河

中国人的春节

中国人的年味

让满街的灯笼红火起来

让欢乐的人群舞动起来

让喜庆的鞭炮震响起来

让团聚的年饭热烈起来

中国人的节日

让母亲的眸子明亮起来

让游子的思念浓郁起来

让微信的表情生动起来

让久违的亲情迸发出来

中国人的春节

让幸福的守候温馨起来

让家国的情怀升华起来
古老的民族
在祝福声中
迈向一个崭新的时代

团　圆

点燃柴火
把亲情煮沸
烀一锅鲜玉米
用慢功夫
烹饪祖传的八大碗
酸菜血肠
炖出小时候的味道
相聚的时候
把醉人的美酒斟满
品过多少大餐
最香的是家人团圆饭

在外面打拼
历经多少苦和难

回到家乡
体味幸福惬意的滋味甘甜
拨转时钟
让匆匆的光阴走慢

摇动一河清辉
共赏明月婵娟
漂泊的灵魂
停靠在温暖的港湾
走过万水千山
最美的是家乡的旖旎风景

生日之歌

生日

是生命年轮的一个逗号

它记载着

你荣耀或平淡的往昔时光

更连接

充满挑战和希望的未来

从亲人们的祝福声中走过

生命会更加甜美精彩

生日

是生命高山的一个阶梯

你拾阶而上

下面是走过的崎岖小径

抬头是无限神秘的云海

向上攀登是你的使命
极目云天是多么壮丽豪迈

生日
是生命连续剧的一首主题曲
你用心用情
写成一个五线谱
每一个音符
都充满了奉献和爱
让子孙共同传唱
直到地老变天荒
直到桑田变沧海

童年是快乐航船

弹奏一曲
儿时的歌谣
快乐像柔美的春风
将你我轻轻拥抱

童年的时光
简单明亮又幸福
总有梦想竹笋般生长
总有忘我的欢笑

童年是蔚蓝天空
自由自在飞翔的青鸟
童年是人生大海中
一艘美好的航船鸣笛起锚

流浪的孩子

你是一个流浪的孩子
喜欢画各式各样的太阳
因为过早失去了父爱
那刺破阴霾的金乌
便成了支撑你坚强的全部力量

你是一个流浪的孩子
有自己的故事和梦想
天地就是你的家
所有的风吹雨打
都改变不了你倔强的模样

你是一个流浪的孩子
你的归宿就是遥迢的远方

心有所爱毅然前行
在贫瘠荒凉的土地上
播种一片绿色的希望

为爱寻找

——看央视《等着我》

那是共同的血脉

渴望相融

那是被打碎的月亮

期盼团圆

那是亲情一生的守候

那是千万里刻苦的思恋

那是久旱重逢的甘霖雨

那是寒冬暖心的小火炉

那是一个

揉碎又复原的梦

那是历经了磨难

又重新找回来的情缘

大爱，在执着追寻的旅途中
幸福，在相聚拥抱的一瞬间
致敬，寻梦路上的英雄
月亮又圆时
无言的感恩
铭刻在心间

辑四 智慧人生

在时代的洪流中
把握好自己的航舵
做一个清醒的现代人
让生命睿智而光明

思想之锚

云涌浪高的海面
思想的锚
是不能追风的

星斗错落的夜空
灵魂的光
是不能迷乱的

人类所有的不幸
是被过度的欲望
牵引错了方向

浮躁的社会
更需要宁静的心湖

绽开亭亭的莲花

形形色色的皮囊终将消失
而那流传千古的
是超越死亡的故事

抉择人生

一头是无常
一头是新生
在生与死之间
蕴藏着不凡而又生动的人生

一头是长天
一头是大地
在天地之间
耸立的是高贵而又不朽的灵魂

一头是痛苦
一头是幸福
在痛苦与幸福之间
品味着苦辣酸甜的生活真谛

一头是奉献
一头是索取
在舍与得的抉择面前
彰显着伟大与渺小的格局

一头是觉悟
一头是觉行
在知与行的路上
回荡着我们永远不老的歌声

生命的感悟

花蕾
在一呼一吸之间
散发
淡雅的芬芳

云鹰
在一张一合之间
展示
凌空的骄傲

江河
在一涨一落之间
涌动
磅礴的力量

思想
在一动一念之间
感悟
升华的快乐

生活
在一简一素之间
咀嚼
淡中有味的真谛

在喧嚣的人世间
修好这颗心
你便达到了
超然的境界

心　流

一道闪电
划破寂寞的长夜
一块燧石
燃起蓬勃的地火
让你的心灵
充满崇高和热烈

那是一场
等了千年的挚爱
像久别重逢的恋人
忘记了地球旋转
忘记了飞逝的时间
忘记了喧嚣的世界

那是一种
不能自主的快乐
所有的忧虑磨折
消失得无影无踪
你站在云雾飘渺的巅峰
沉浸在美妙的时刻

那是一个
近乎痴迷的信仰
为了追赶生命的太阳
破除万难，锲而不舍
岁月的画板
浸润了神圣的金色

那是心灵的觉醒
像春雷发出的赞歌
生命，有了一个
生动的诠释
灵魂，有了一个
升华的喜悦

通　心

所有的黑暗

都源于

心扉与心扉的通道

被紧紧关闭

在通往理解和快乐的路上

长满了萋萋荒草

人与人之间

不仅仅需要灵性的沟通

更需要一座

真情熔铸的桥梁

桥梁所及的彼岸

便是心灵的通衢

打开心房
让阳光雨露进来
让亲情友情进来
让善良真爱进来
你会欣喜发现
人性的一切美好

走进心灵的世界
让寰宇没有距离
让灵魂更加默契
让生命的长河
洒满幸福之光

远 与 近

遥远的是时空距离
走近的是心灵默契

寒冷的季节已经过去
暖暖的春晖
融化了冰封的记忆

无情岁月
掩埋了多少青春和激情
希望仍伴随晨阳冉冉升起

虔诚的梦想并不遥远
最亲近的是脚下坚实的土地

选 择

所有的馈赠

并不都是财富

所有的坦途

并不都是欣然

所有的磨折

并不都是厄运

所有的收获

并不都是仅仅在秋天

命运赠送的礼物

早已在人生的十字路口

标出并不醒目的符号

等待有心人在仔细辨认中

选择行进的方向

到达向往的彼岸

站在生命的高处

站在大山的高处

望莽原万里

长河奔流

风光旖旎

美不尽收

山脚下

你仰望苍穹

山顶上

你成为了一座雕塑

站在历史的高处

看折戟沉沙

征战未休

王侯将相

落花漂浮

逝去的
是有声有色的老故事
留下的
是人心写成的无字书

站在生命的高处
有多少悲欢离合
似大梦觉醒今秋
厚德载物利众生
舍身成仁难中求
升起的
是灵魂之光
挺起的
是勇士的风骨

圆满与亏缺的哲思

地球是圆的
生命的轨迹就是永不停息
目光所及终点的地方
又是一个新的起点

月亮是圆的
在黑暗的时候是耀眼的银盘
人们看到亏缺的时候
仅仅是光影的虚幻

车轮是圆的
碾过坎坷一往无前
没有它的无畏奉献
靓丽的外表全都是无用的装扮

人生也有自己的起点和终点
在迷惘中选择摆脱欲望的答案
追求觉悟利他的人生
走向幸福圆满的彼岸

时间会告诉你一切答案

山有山的庄严
海有海的浩瀚
沧海变桑田
大千世界多么奇特壮观

风有风的故事
花有花的圆满
细风吹落花瓣
悄悄提醒一个季节的变换

地有地的厚重
天有天的刚健
天地生化万物
宇宙的规律就是顺其自然

恶有恶的果报
善有善的遗憾
善恶谁来定夺
时间会告诉你一切答案

心灵的呼唤

在没有回程的列车上
单调的弦乐
已失去了新鲜感
旅人向往的目的地
似乎还很遥远

错过了赏菩提
错过了游心湖
错过了品芝兰
一个声音悄然响起
等一等
那是疲惫的灵魂
在急切呼唤

守望灵魂

在淤泥之上
还有圣洁的莲花
每时每刻
坚守着清白
坚守着
与蓬草不同的向往

在暗黑的长夜
还有燃烧的火炬
照亮满天的星斗
燃尽自己
只为给远行者
一个清新的黎明

在迷乱的世界里

还有傲然的霜菊

承受风雪的洗礼

在寂寞中守望灵魂

守望着

一个没有被污染的高地

修好一颗心

在人世间，修好一颗心
混沌中看到微渺的星光
万千的迷相
终将被风吹散
所有的坚持源于挚诚的梦想
定力的种子在高山上坚强生长

在寰宇间，修好一颗心
喧嚣中谛听天籁悠扬
无数的纷扰
终将归于沉寂
宁静的灵魂
时刻感知世间的美好

在跋涉中，修好一颗心
孤独中找到有爱的方向
汹涌的江河
阻挡不住意志的脚步
燃烧信念的火炬
见证生命的奇迹和力量

守护好灵魂高地

于喧嚣的人世间
寻找一片安静之所
无丝竹乱耳
无车水马龙
静谧不在山水之间
在心的世界有一方净土

于善恶的博弈中
沉淀一份真爱
点亮夜空下的篝火
温暖寒冬里的行者
真爱不是浪漫的风车
是落红化作春泥的沉默

于名利红尘中
品一杯清香的茶
苦后回甘是茶性
淡中有味是茶道
清清淡淡是茶的本色
在平淡中感悟智慧的生活

于奔波的旅途中
放下一切包袱和虚妄的执着
踩实前方每一步路
学好人生的必修课
守护灵魂圣洁的高地
让生命简单而又快乐

做一个清醒的现代人

在月色如水的深秋
不要迷失于变幻莫测的星空
寻找到属于自己的星座
奉献真爱和热情

在雨雪交加的日子
不要喑哑了自己的歌声
点燃信念的火炬
让前行的脚步坚定从容

在虚幻的网络世界
不要让思想盲目跟风
睁大警觉的眼睛
每一次探索都不偏离自己的使命

在时代的洪流中
把握好自己的航舵
做一个清醒的现代人
让生命睿智而光明

圣洁的心灯

迷乱的信念
倾斜的天平
湮没在欲望的红海中
沉醉于幻影婆娑的梦

铿锵的誓言
已随暖风飘零
坚贞承诺
化作沙滩的泡影

悬崖边上跑马
错走一步毁掉一生
在没有硝烟的战场上
折戟沉沙是永远的痛

生命总在堆砌无字的碑
古老的故事依旧令人警醒
人生没有返程的车票
在前行中守护好圣洁的心灯

时间的告白

时间，变幻成一只
奇异的陀螺
不受外力的控制
无声无息飞快地旋起

在时间的轨道上
没有起点和终点
每个人都有自己的梦想
更需要锲而不舍的毅力

历史的洪流
湮灭了多少帝王将相
但总有一些英雄豪杰
不经意间被人们铭记

我们无法穿越时空
但可以选择向往的山峦土地
我们所有的跋涉
都是为了证明生命的奇迹

生命的原点

人的一生
总要回归原点

无论你走出多远
生你养你的故乡
是你叶落归根的原点

时光的脚步
没有片刻停留
刹那是永恒的原点

繁华的人生
无论怎样荣光
终要回归简朴的原点

生与死
没有清晰的边界
涅槃是生灵最完美的原点

生命不是简单的回归
在时空的隧道里
创造是人类最辉煌的亮点

把握生命的本真
大道直行
让人生有一个坚实的支点

文化传人之歌

五千年历史岁月沧桑
五千年根脉源远流长
黄河奔涌着大中华魂
长城挺起民族的脊梁
自强不息，厚德载物
龙的传人龙的精神
穿越历史的时空
闪耀璀璨的光芒

新时代文明薪火相传
新长征奔向美好远方
文化传人不负使命
江山辽阔放飞梦想
天下为公知行合一

大爱情怀凝聚力量

志同道合一群人

再创文化新辉煌

灵魂的图腾

那是暗夜中的天眼
刺破重重云雾
照亮你的生命

那是远古的洪钟
敲醒平庸的岁月
觉悟你的生命

那是千年的昙花
笑绽灿烂的容颜
美丽你的生命

那是大山的脊梁
不畏任何磨难

厚重你的生命

那是灵魂的图腾
穿越万里关隘
引领你的生命

那是涅槃的凤凰
在浴火中重生
成就你的使命

不一样的风景线

——读周大新《天黑得很慢》

天，黑得很慢

玫瑰色的晚霞

把天火点燃

疫疫猖獗的日子终会过去

生活的美好在于用心发现

看山看海跋涉万里路

寻找诗与远方的眷恋

投入到大自然的怀抱

欣赏不一样的风景线

天，黑得很慢

岁月留下多少故事

春风化雨滋润心田

孤独困顿时

爱人给予温暖的陪伴
迷惘低沉时
亲人朋友给予倾情的奉献
无论人生还能走多久多远
都要珍惜难得的一世情缘

天，黑得很慢
夕阳终将落下
星光闪烁依然回味甘甜
沧海桑田一切都在变化
看淡名利云舒云卷
活在当下不惧未知的明天
心有真爱才是幸福的源泉
仰望天宇体察生命的意义
灵魂的觉醒让人生璀璨

时间的必然

天有天的刚健

地有地的圆满

天地运行有永恒的规律

从未因宇宙乱象踟蹰不前

春有百花烂漫

秋有丰硕景观

万物生长有自己的秘密

从未被风雨雷霆影响停断

神有神的具足庄严

人类有人类的智慧勇敢

长风浩浩荡涤阴霾

战胜疬疫是时间的必然

变的哲思

沧海桑田
是岁月之变

日月行天
是时空之变

春花冬雪
是景致之变

幼稚成熟
是成长之变

善良丑陋
是人性之变

咫尺天涯
是心灵之变

而唯一不变的
是大千世界的变幻

微小的力量

一只蝴蝶
挥动翅膀
让远隔千里的海面
掀起冲天的巨浪

一根马蹄钉
毁了一匹战马
跌下战马的国王被俘
一个国家顷刻间灭亡

风雨将至
燕子贴地飞行
地震来临
动物敏捷躲藏

所有微小的力量
都不应被人类忽视
一切因果的铁律
都应牢牢铭刻在心上

辑五　自然人生

来自自然的生灵

终归回到自然的怀抱

在生与死的轮回中

见证了神奇与伟大

聆听自然之歌

风轻吹银铃
雨细润枫叶
两只相悦的小鸟
喞啾着不知名的歌

明月有甜美的梦境
山花有盛开的季节
长河有动听的故事
田野上生长着无尽的欢乐

天际的彩虹
辉映着生命的颜色
年轻的心灵
永远拥有清新美好的世界

美丽的遇见

当花蕊遇见雨露
便绽放了青春的灿烂
当小溪遇见大海
便奔腾了永恒的波澜

当攀登者遇见绝峰
便点燃了生命恒久的渴盼
当一对情人刻骨铭心相恋
便用真爱唱响了千年的眷恋

一切的遇见都是缘分
一切的缘分都会相见
把握时光中的刹那
珍惜美丽的遇见

小城之美

青青草地
不知名的鲜花
芬芳着整个夏季

远方的白鹭
恋上了北国家园
惬意地舞动双翼

东辽河是一弯月牙琴
舒缓地弹奏着
水世界的欢乐曲

魁星楼像一颗
神奇的夜明珠

为小城增添了无限魅力

给心灵安上一双天眼
你会看到
寻常之中的自然魅力

神奇的生命

风把希望的种子
吹落在绝壁悬崖
为了不辜负生命的恩典
花籽孤勇地破壁生长

咬紧岩石的缝隙
顶住漫天乌云的倾轧
为了一个梦想
在狂风骤雨中挺立尊严和坚强

在阳光的抚摩下
花蕊一点点露出笑靥
在漫长的等待中
终于绽放美丽和芬芳

来自自然的生灵

终归回到自然的怀抱之中

在生与死的轮回里

见证了神奇与伟大

初　春

料峭的寒风依旧劲吹
冰凌花已经在傲然绽放

阳光下白雪一点点消融
大千世界显露出它的生动本色

犁杖划出沧桑的岁月
新绿在田野里悄悄蔓延

春天不只是季节的转换
更是美丽心情的放牧

种下一个美好的愿望
与春天一起蓬勃生长

北国红豆

在爱情的守望里
你是浪漫的相思
在朋友的牵挂里
你是浓浓的情谊

在变幻的时空里
你是一片美丽的祥云
在北国的疆土上
你是生命的神奇

红豆飘逸在梦里
挚爱深种在心里
无论生生世世
永远有你靓丽温馨的名字

种下绿色的希望

种下四月的新绿

让荒芜的土地

充满生机盎然的景象

种下青葱的希望

让岁月的年轮

见证成长变化的力量

种下爱的种子

让沉寂的世界

绽放真爱浓郁的芳香

种下美好的梦想

让生命之树

永远蓬勃向上

生命之树

每棵树

都是一个神奇的精灵

从萌芽拱土

到参天大树

那是怎样一个艰难不易的过程

风吹雨打

你沉默应对

酷暑严寒

你意志坚定

四季的轮回

印证你的热烈与忠诚

忍受一切寂寞

仅仅为了

一个绿色的梦

每棵树

都是一个绽放的生命

含苞中孕育希望

成长中见证奇迹

那是怎样一个执着追求的过程

桃红柳绿

你彰显青春的靓丽多彩

郁郁葱葱

你展示生命的大气凝重

大地给你一个生长的平台

你回报一个千年无悔的证明

把清新美好留给世界

大爱奉献

是你的一生使命

生命的根

所有的根
都是有记忆的
远古的远古
祖先的祖先
即使历经沧桑巨变
生命的基因
也从未间断

所有的根
都是有灵魂的
无论是风霜雨雪
还是至暗时刻
它都奋尽全力
顽强地托起

向上生长的梦

所有的根
都是有情怀的
它从不选择土地
也从不怯懦退缩
它创造了生命奇迹
却总是那样无私无我
没有任何索取和表白

根
用无声的语言
诠释了生命的大爱

生命的蚌珠

蚌壳里漫长的暗夜
孕育了天地精华的宝藏

所有的痛苦和眼泪
打磨成一种坚定的向往

穿过卑微的隧道
你登上典雅高贵的殿堂

让生命的价值
凝固成一段璀璨的时光

万物生灵的快乐

平凡的鸟
歌唱着快乐的春天
小鸟的欢乐
在于它拥有自由的天空
没有谁规定它飞行的高度
和飞行的路线

茂密的草木
感恩着雨露的滋润
草木的快乐
在于它拥有明媚的阳光
在没有污染的土地
舒展它的腰身和梦想

把鸟儿装进笼子里
便囚禁了它的向往
花草被束缚了手脚
勒伤了筋骨疼痛了心脏
失去了自由
快乐便成了飞不起来的风筝

让我们与万物生灵通心
倾听它们的痛苦哀伤
让我们奉献一份微薄的力量
汇聚成浩瀚辽阔的爱的海洋
做大自然最亲密的朋友
为了和谐与共地久天长

北极燕鸥的梦想

一只燕鸥的向往

是明媚温馨的南极时光

那里有纯真挚爱的伴侣

有沐浴身心的沙场

为了一生的渴望

你鼓起冲天的勇气

内心无比坚强

梦想种进灵魂

便会顽强生长

梦想推动双翼

便会让生命充满力量

你振翅高飞

不畏大山阻挡

你风雨兼程
何惧惊涛骇浪
你追云掣电
冲破阴霾势不可当

两万公里的飞翔
你一往直前
飞向痴恋的地方
征服千难万险
把忠贞写在滴血的路上
星星在你的胸前
默默祝福
太阳在你的眸中
熠熠发光

生命无论多么渺小
有了勇敢的梦想
便会超越平庸的起点
让生命崇高辉煌

美　秋

稻谷

烙印着太阳的金黄

满树的硕果

弥漫着淡淡的清香

成熟的季节

大地充满了

厚重的希望

芦笛

吹散片片红叶

叮咚的泉水

拨动心弦在轻唱

云卷云舒

灵动的秋天

一行大雁飞向远方

秋天是一个爱挑剔的季节

秋风是严厉的
扫荡着夏的浪漫和热情
将所有的繁华褪尽

那满地的黄叶
跳着婆娑的舞步
说着缠绵的恋语

白鹭恋恋不舍地
告别北方
寻找适合自己的温馨天空

秋天是一个爱挑剔的季节
裁剪掉臃肿和华丽
留下简洁和宁静

白桦林的世界

白桦林
不仅仅是秀美和寂静
更是一个童话的世界

天空的蓝
似赤子透明的心
亭亭玉立的桦林
给大地展示圣洁的美

在大自然的调色板上
没有矫饰和浮华
一切颜色归于素白后
便构成简朴而雅致的图画

白桦林
人生中一道简约的风景线

雪花的爱

北方飘起了小雪花

婀娜多姿

洁白无瑕

寻找自己快乐的方向

翩翩起舞是她最美的童话

何其小的倩影

何其纯的灵魂

即使生命消融

也要把点点滴滴的爱播撒

北方飘起了小雪花

随风飘逸

浪迹天涯

寻找自己幸福的港湾

大地母亲是她最深的牵挂
何其美的梦想
何其真的情愫
为了永恒的刹那
天地间洒落晶莹的泪花

冬 至

严冷的冬
想把光明偷走
锁住漫长的夜
让时针停留

冬要凝滞行人的脚步
凝结世间的繁华
凝滞空气的律动
凝固沸腾的江河

太阳没有理会这些
它以一颗博大的爱心
温暖着万物
融化着一切

在时间的长河里
四季有序更迭
规律永恒存在
希望永远不灭

冬雪中的沉思

冬雪
埋没了斑驳古道
素淡了缤纷世界
在一个纯洁的童话里
似乎思想也被冻住了
定格在美好的刹那记忆

冬雪
是一位神奇的魔术师
把黑变成了白
把流动的变成固体
把复杂变得简单
把温柔变成严厉

冬雪

是一位可敬可爱的精灵

当春风浩荡吹来

她伶俐地跳进河流中

欢快的走向远方

滋润着广袤饥渴的大地

辑六 行走人生

人生既然是一种选择

就要拒绝平庸的丘岗

攀登万仞高山

领略大美风光

让生命的精彩

在峰巅尽情绽放

生命的跋涉

天地是自在的寓所
时间是奔逸的骏马
流浪的河流
要陪伴旅人到哪儿

香格里拉有一个神奇的故事
峨眉金顶演绎仙境如画
日月潭呼唤远方的亲人
天山放歌写诗驰骋赛马

寻觅美轮美奂的天堂岛
惊叹空中飘落的瀑布维多利亚
伟人故乡特里尔响起激昂旋律
威尼斯小城感受浪漫的水上人家

太阳是最暖心的朋友
美酒醉倒了西边的晚霞
每个人的生命只有一次
跋涉万里书写不老的年华

行走的英雄

——写给勇闯天涯的人

在寂寞的夜里
你点燃一盏心灯
翻看褪色的日记
岁月可曾模糊了涌动的激情

你说过要跋涉万里路
在山水间放飞自由的心情
你放弃一切说走就走
南海北疆留下你清晰的身影

你叹息人生日子苦短
要珍惜风雨考验的朋友真情
你看厌了形形色色虚伪的表白
要活出生命的本真灵魂的觉醒

迷幻的世界里你没有沉醉
攀登绝峰仰望浩瀚的天空
神秘的星宇谁主命运沉浮
勇闯天涯者都是不平凡的英雄

大篷车的魅力

每个人，都需要
一双助力梦想的翅膀
大篷车，你的魅力
是因为走向远方

让身心纵情释放
让灵魂快乐飞翔
满载一车星辉
满载幸福和向往

走过黄山婺源
走过洞庭长江
走过一望无际的草原
走过年少时憧憬的地方

行走让我们发现人生的美好
行走让我们找寻自然的宝藏
行走让我们彼此懂得珍惜
行走让我们眼界更加宽广

飞驰的大篷车
让远方不再遥远
路在脚下延伸
心情如此舒畅

跋涉者的梦想

——五四青年节偶拾

年龄的时钟
已指向黄昏
年轻的心
依旧奔走在驿道上

大山时隐时现
季节时暖时凉
唯一不变的
是穿透迷雾的方向

所有的跋涉
都是为了壮丽的远方
所有的付出
都是为了一个大爱的梦想

也许荆棘满地
也许长河阻挡
也许风狂雨骤
也许浑身是伤

既然选择了前路
便不再犹豫彷徨
在生命的大地上
播种一枚神奇的太阳

大美西藏

西藏
一个神奇壮美的地方
这里离天很近
冰川睡卧在白云之上
大草原一望无际
牦牛绵羊迈着悠闲脚步
牧歌嘹亮胡琴悠扬
玛旁雍措湖水润泽你的心灵
美丽的格桑花热情绽放
巍峨耸立的珠穆朗玛峰
撩动了多少旅人的梦想

西藏
一个生长信仰的地方

这里的人民正直善良

眸子里闪烁朴实执着的光亮

一步一叩首

信徒虔诚走在朝圣路上

一生伴经筒

无声祈祷饱含着多少美好渴望

经幡迎风飘扬

钟声在山峦间回荡

一方净土

洒满圣洁祥瑞之光

西藏

一个忘却烦恼让你宁静的地方

一个沐浴灵魂让你升华的地方

九寨沟写意

是哪位画神
不经意把彩墨泼洒人间
成就了
九寨沟的美轮美奂

是哪位仙女
把积郁心底的相思倾诉
摇落千年泪雨
化作五颜六色的海子

白鹭鸣青山
叠翠梦瑶池
灵秀神奇的山水
让天地如此生动活泼

　　最美妙的景色
　　在未被污染的山谷里
　　最壮丽的人生
　　在锚定远方的跋涉途中

紫梦香谷

紫梦香谷
一个藏在闹市的幽静山庄

古筝悠扬
翩翩起舞的精灵
在唐宋湖畔
演绎美丽动人的故事

人间烟火
烹饪舌尖上脍炙美味
好友把酒临风
邀太白东坡咏赋华章

细雨迷蒙的世界

恍若一方仙境
珍珠摇落在青荷之间
天籁心歌在湖面荡漾

仲夏夜斑斓的灯光
陶醉你的梦想
旖旎别致的风景
让人留恋难忘

紫梦香谷
一个让灵魂舒畅的地方

致攀登者

每个攀登者的心中

都有一座无可企及的山峰

崇高雄峻

令人神往

跋涉在陡峭的山路

危险和喜悦

经常形影相伴

暗夜的寂寞

荆棘的阻挡

高寒的缺氧

突遇的野狼

让懦弱者恐惧退却

投机者犹豫彷徨

唯有生命的勇者

忍受孤独痛苦

用毅力诠释执着追求
用生命证明勇敢刚强
每一个脚印
都如此坚定，充满力量

人生既然是一种选择
就要拒绝平庸的丘岗
目光渴望高耸的顶峰
就不惧怕任何雨骤风狂
每一次的登攀
都是一次灵魂的洗礼
每一次的升华
都是一次胜利的乐章
攀登万仞高处
领略大美风光
让生命的精彩
在峰巅尽情绽放
人生就是一次次登攀
不惧艰险，奋勇向上
一颗永远不老的心
去拥抱壮丽的朝阳

登峰者心语

渴望着大山的辽远宁静
在攀登中
寻找一种诗意自然的人生

简约的行囊
勇敢的心
目光所及
是云雾飘渺的神秘极顶

没有时间理会
脚下的荆棘
也不顾忌一场
突如其来的暴雨狂风

不知名的花草

迅捷的藏羚羊
轻盈俊美的黑颈鹤
还有知心的小星星
陪伴寂寞行程

悬崖峭壁
高原缺氧
都挡不住冲顶的渴望
最靓丽的景致
永远是心中的高峰

终于攀上顶峰
一种快感突然释放
俯瞰重重山峦
聆听天籁之音
领悟生命极致

蔚蓝透明的天空
让灵魂更加纯净
站在山顶
你欣赏更高处的世界
你也成了一处独特的风景

行者的告白

泪水灌溉的花朵
浸润着苦涩的芬芳
岁月的刻刀，雕塑着
忠贞和伪者的模样

巍峨的昆仑
为什么总是缄默不语
融化的冰雪
会告诉世界一切的真相

所有的跋涉
都是为了初心的向往
攀登者的足迹里
印满了诗和远方

远行者的脚步

人在旅途
后面是浅浅深深的脚印
和脚印里
长出来的故事
前面是起起伏伏的群山
和大山里
没有标记的营地

远行者的方向是明晰的
罗盘也已经校准
远行者的心情是热切的
无怨无悔风雨兼程
他不想虚度光阴
像一只青蛙

蹦跃于井底

一肩担着太阳
一肩担着月亮
阅读浩瀚的星空
走出尘封的历史
他把所有爱的梦想
都交给了远方希望的大地

大海的女儿

——为小美人鱼铜像而作

你是大海的女儿

有一双宝石般的眼睛

和纯真善良的心灵

你喜欢踏波击水边唱边舞

蔚蓝色的海面

荡漾着夜莺般的歌声

风起云涌天地昏暗

一排排巨浪掀翻航船

一位年轻英俊的王子

不幸被打落进海中

你毫不犹豫救起王子

从此王子装饰了你的梦

为了一份热烈的爱恋

你拒绝了巫婆的善意提醒
你献出了宝贵的歌喉
献出了一片少女的深情
即使在刀尖上行走
为了心爱的人也无所畏惧

王子的海誓山盟
变成了飘无踪影的海风
王子和邻国的公主成婚
婚礼的笑声击打你每一根神经
爱也深，愁也深，苦海茫茫
一片痴情化成一场虚空

你的倩影变成泡沫
飞向广袤无垠的天空
大海少了一位为情而死的少女
人间多了一个美丽伤感的故事
为了挚爱牺牲一切
真爱的灵魂天地永生

幸福查干湖

查干湖，一泓圣洁的湖
见证了千载岁月
一代天骄
驰骋草原弯弓射雕
蒙汉文化水乳般交融
多少故事埋藏在辽金古道
变幻的岁月，不变的圣水
把历史的天空清晰映照

查干湖，一泓美丽的湖
荡漾万顷碧涛
季风吹动芦苇
鸥燕在头顶欢叫
水域的精灵

在宫殿里自在穿梭问好
人在船上惬意畅游
秀美的景色分外妖娆

查干湖，一泓幸福的湖
湖边是洁白的蒙古包
点燃热情的篝火
跳起欢快的舞蹈
弹起心爱的马头琴
动听的旋律悠扬美妙
斟满醇香的美酒
让我们在夜色里尽情放歌欢笑

辑七　直面人生

你的远方
是一个追梦人在执着跋涉
无私无畏
刻满独立思索者的印记

致独立的思想者

富有远见的思想，引领时代前行；独立批判的思想，改变世俗观念；深邃独特的思想，是人类社会最宝贵的资源。

——题记

你的孤独
是一轮无言的明月
深邃皎洁
照亮不眠的长夜

你的信仰
是一簇不息的篝火
热烈燃烧
化作满天的星辰

你的言论

是一支锋利的弩箭

深刻犀利

将一切虚伪的外衣痛戳

你的灵魂

是一座高山的尊严

云起云涌

衬托你的挺拔巍峨

你的远方

是一个追梦人在执着跋涉

无私无畏

刻满独立思索的印记

你的情怀

是一路奔腾的大江大河

不改初心

为民众的苦乐放歌

活着，清醒地看世界

——致用良知书写人生的作家

谁在生命的途中
给你一声呐喊
活着，就要
清醒地看世界

缥缈迷离的雾霭
模糊了真实的存在
一颗执着的心
要把脚下的路瞧得明明白白

你将正直的子弹
射向虚伪的靶场
不是为了特立独行
而是为了坚守的信仰

岁月酿造的烈酒
燃烧起似火的豪情
你用一生的庄重
书写直抒胸臆的文章

即使风暴来袭
也要像大山一样沉稳坚强
即使荆棘阻拦
也从不忘却灵魂牵系的远方

越来越远的
是那些老去的时光
越来越近的
是你孩子般憨笑可爱的模样

人生转弯处的警醒

——有感于某种共性现象

人生的转弯处

隐藏着一个巨大的陷阱

那里有诱人的美酒

也有用鲜花伪饰的美景

有人拈花大笑

有人陶醉在琼浆之中

一个无形的黑洞

正悄悄窥视你走近的身影

人生路上艰辛的跋涉

渡过几多大河

攀过几多险峰

却在百密一疏中毁掉了一世名声

走在纵横交错的阡陌
更要用心把罗盘校正
人生的关键时刻
一定要睁大警醒的眼睛

空心树的启示

一株毒菌
悄无声息地飘落进
一棵年轻的树身

繁茂的枝叶
渐渐枯萎
黯淡了往日的精神

高耸的树干
光鲜的外表
空洞的灵魂

在旋转的世界里
丢失了方向
销蚀了生命的根

生命的太阳冉冉升起

像一块不知名的礁石
沉入无边的海底
听不到岸上的喧嚣
也不再惊惧任何风暴的袭击
每天都是单调的节奏
也习惯了躺平的姿势

风起云涌的日子仿佛过去
你也有自己曾经心动的故事
也曾在烈日下不停奔跑
也曾在寒冬中坚守挺立
梦里也曾描摹一幅幅画卷
醒来又被一阵阵苦雨淋湿

岁月的刻刀

改变了你单纯的模样

无情的海浪

磨平了你的棱角痕迹

你习惯了一个人走路

在找不到星光的日子里无声哭泣

你不再等候春天的消息

也不再期待任何意外的惊喜

你停止了踉踉跄跄的脚步

关紧门窗想把一切烦恼断离

偶尔在夜深人静的时候

听到你很轻很轻的叹息

总想像惊雷霹雳

震醒你的灵魂，振作你的勇气

总想像火炬一样

照亮你的眸子，温暖你的心底

人生要学会坚强面对

让生命的太阳每天都冉冉升起

让你的心灵温馨过冬

人生，并不总是旖旎美景
也有风高浪急、乌云盖顶
别让黑暗囚禁了自己
别让逆境黯淡了心情
换个角度看世界
风雨过后见彩虹

人生，并不总是和煦的春风
也有凛冽的严冬
别让寒冷冻僵了自己
别让思想停止了跃动
我愿化作暖阳
让你的心灵温馨过冬

人生，并不总是一马平川

也有荆棘丛生、坎坷泥泞

让我们笑对磨难

在天地间携手同行

用钢铁般意志

攀登生命的巅峰

城市印象

一块块魔方
变幻出
五彩缤纷的
夜世界的神奇

车水马龙的大街
噪声麻木了神经
城里打工的农民兄弟
似乎淡忘了土地清香的气息

行色匆匆的人群
撑着不知疲惫的身体
重复着
昨天的足迹

林立的高楼
隔断了许多亲情
智能的手机
成为不离左右的伴侣

风驰电掣的时代
守护好独立行走的灵魂
无论四季千变万化
都不要迷失自己

光明的祈祷

暗黑的夜色

浸透了他的心

正午的阳光

也未能暖醒他的魂魄

脉管里黑色的血液

滋润着他每一根神经

他把所有的一切

都交给了虚无的天国

他习惯了夜的语言

夜的符号

他是黑暗中伶俐的狸猫

夜是他的极乐世界

当天公的宝剑

刺破这暗夜的遮羞布

丑陋的灵魂

便蜷缩在偏远的荒野

当凌厉的火焰

烧尽这暗夜的罪恶

也温润了

人们冰冷的心河

我祈愿

天空不再飘荡阴霾

江河不再流淌污浊

善良不再受到伤害

正义不再受到裹胁

律动的风充满爱的清香

大地盛开诚实的花朵

我的祈愿便是你的祈愿

我们都是光明的使者

为了让生命不再遗憾

并不是所有的善良
都能化作和煦的阳光
融化冷漠的冰川

并不是所有的牺牲
都能够震撼灵魂
唤醒丢失的情感

并不是所有的愿景
都能像知心的报春花
绽放灿烂的笑颜

并不是所有的坚持
都能够顺风顺水

到达希望的终点

尽管这世界有许多不完美
播下的种子并不都绽放灿烂
但我们坚守的信念不能改变

人生就是一次次选择
把大爱写在黑土地上
为了让生命不再遗憾

希望的方舟

——灾难的反思

洪水，地震，病毒
所有的灾难
像不可理喻的野马
冲撞着人类
无数根敏感的神经
大自然发泄着愤怒
让一切的理所当然
都改变了原来的轨迹和形态

地球数亿年的原始积累
被智慧的先人挥霍无度
家园数万年的生态屏障
被文明的人类肆意破坏
融化的冰川在哭泣

消失的森林在伤怀

诺查·丹玛斯的预言
并不完全是神话
在火星没有完全建造好之前
一切的蛰伏和逃避
都只是暂时的
在攸关生死考验面前
拯救人类不幸和苦难的
只能依靠人类自己

播种良心的种子
让四季风调雨顺
播种敬畏的种子
让寰宇天地人和
播种感恩的种子
找回互助真爱的世界
让承载希望的方舟
航行在平安无忧的江河

和平的呼唤

战争的乌云
笼罩曾经蔚蓝的天空
妻离子散的惨景
打湿了人们的眼睛

所有的干戈杀伐
无辜的人们付出巨大牺牲
烽火硝烟过后
遍地疮痍刺痛了善良者的心灵

地球村已经伤痕累累
谁将是毁灭人类家园的元凶
我们是同舟共济的兄弟姐妹
应当手挽手共同捍卫幸福安宁

橄榄枝不再是摆设

让仇恨和冰雪一起消融

晨风中隐约传来

一曲美妙动听的和平颂

历史的思索

历史的长河
淘汰着一切奢华腐朽
最终留下的
是璀璨夺目的珍珠

岁月的风雨
湮没了多少帝王将相
昂然挺立的
是思想铸就的丰碑

无字的天平
称量着千古是非
始终彰显的
是人心向背的权重

一去不返的时光列车
承载了多少尘世苦乐
那经久传唱的
是人类难以忘怀的歌

时间的印记

你从远古的隧道而来
穿过时空的黑洞
飞跃高傲的珠峰
在太阳与月亮的交互中
印证你一个又一个奇迹

你从史前穿越而来
蒙受战争的硝烟
沐浴文明的洗礼
丝绸之路寻宝探险
金字宝塔恢宏壮丽
工业巨轮破浪远航
解开基因组码的生命秘密
在时间的长河中

彰显你的洪荒伟力

你从诺亚方舟而来
载满很多圣洁浪漫的故事
关于不同种族的虔诚信仰
关于浩气长存的真理正义
关于梁祝化蝶的忠贞爱情
关于伯牙子期的知音难觅
有的刻在石碑上
有的种在人们的心田里

你向辽远的未来走去
在青葱的田野上
播撒神奇的种子
让大地充满生机活力
你是一位诚实的老人
面向浩瀚的星空
缄默无语

后 记

　　我在东北师范大学中文系读书时就特别喜欢诗歌，读诗和写诗是我生命的挚爱。特别是品读千年以前李白清新飘逸的诗、杜甫沉郁顿挫的诗，仿佛与古人通心，常常让我心潮涌动。是诗歌把我带到了一个美妙的世界，让我的心灵丰盈而纯净。后来，当我得知古有"三不朽"——"太上有立德，其次有立功，其次有立言"，我的内心受到了触动。人生在世，倒不单纯是追求人生的不朽，但总要留下一点儿东西给自己当枕头，给后人留下一点儿美好供其回味，这是生而为人的意义和价值所在，也是我创作诗歌的初心。

　　诗歌是最高级的语言艺术，是人类思想和情感的形象表达。为了让诗歌走进人们的内心世界，给人们以启迪和力量，诗歌必须有独特的视角和形象生动的语言。古诗云："千淘万漉虽辛苦，吹尽狂沙始到金。"诗歌创作也一样，要想出精品，必须得用心血去付出。为了写好一首诗、一句话，甚至一个词，我常常反复推敲，像金匠反复打磨心爱的饰品，我用心锤打磨练诗意的句子，也是在不忘初心地践行诗意的人生。我常奢想：无论是现在还是百年后，那些喜欢写诗读诗的人，若是还能记得曾经有一个人，和他们一起忧、一起喜、一起思、一起行，我的内心就感到十分惬意了。每当周围朋友和一些诗歌爱好者读完我的诗，向我反馈他们如何在低沉中振作、在迷惘中顿悟、在喧嚣中淡定、在独处时欢乐，我都欣慰不已。有的朋友还在公开场合热情朗读我的诗作，给了我不少动力，激励我在诗歌的道路上不断砥砺前行。

近些年，我的一些诗歌在国家、省市级的出版物，以及各类新媒体平台上发表，并获得了一些荣誉。有三首诗歌被原辽源市文联主席曹志伟谱成铿锵有力的歌曲，被著名歌唱家王永春等演唱，并在电视台和新媒体平台进行播放，其中《担当新时代》被评为全国优秀抗疫歌曲。还有一些诗歌作品入选了《中国当代诗歌选集》《中国实力诗人诗选》《新时代诗典》《创世纪诗典》《中国亲情诗典》《中国文艺家》等。2017年8月，我获得了"中外华语十大优秀诗人"荣誉称号和"东岳文学奖"；2017年12月，我获得了"创世纪诗歌奖"；2018年1月，我获得了首届"冰洁杯全国十大影响力诗人"称号，并被推荐为中国诗歌学会会员和中国音乐文学学会会员。这些都激励我在诗歌创作的道路上不断进取，砥砺前行。

退休之际，辽源市作家协会、辽源市传统文化研究会的朋友多次建议我把以前写的诗歌整理出书，让更多的人看到我写的诗。我决定听从文友的建议，将自己近年来通过感悟生活、思考生命写成的诗歌编辑成册。

稿件能够顺利付梓，我要感谢许多人。首先，感谢人民文学出版社社长臧永清和时代文艺出版社原社长陈琛的鼎力推荐；感谢中国著名词作家冰洁为我写推荐序；感谢著名歌唱家王永春热情推荐我的诗集；感谢中国作家协会会员王德林先生，不顾身体不适为我写推荐序。这几位出版界和文化界名人的推荐，为我的诗集增色不少。其次，感谢吉林省辽源市人大常委会的领导和机关同事；感谢辽源市传统文化研究会的同仁，文字功底深厚的张中山老师在杭州帮我反复校对诗稿，提出中肯建议；会长任玺君、副会长何崇伟和杨尧天对诗稿内容和装帧设计提出诚恳建议，体现了文化人的认真与挚诚；感谢辽源市健康养老协会的家人给予助力。最后，我要感谢爱人姜葵红，不辞辛苦帮我整理诗稿，对我出版诗集给予了时间上和资金上的大力支持；感谢女儿张玉婷、女婿杨彦博对诗稿校对的体贴用心。

　　一本书就是一个人的艺术生命。我要感恩热爱诗歌的朋友们，感谢你们出现在我的生命里，让我们彼此珍惜、快乐同行。最后，以一首短诗表达心声，与读者诸君共勉：

　　文如山海奇绝景，一字一词心血成。

　　留得诗书照日月，无愧天地砥砺行。